JN226244

歌集

ぼくの目 君の目

田所翠
Tadokoro Akira

牧歌舎

歌集　ぼくの目君の目

目次

短歌詩 …… 5

短歌 …… 15

短歌詩

扉の詩

蜂の巣を　思わすような　ドアがある
　用途判らず　覗いてみよう

こつこつと　大地耕し　種を見る
　農は気づかう　ひもじさ無いか

しっとりと　夜露が宿る　清らかな
　生命の水だ　虫も喜ぶ

がむしゃらに　ロボット使い　生産す
　貧富の格差　広がる様だ

水の詩

心地よく　渓流くだる　水の音
　双方の山　別れを惜しむ

舞い上がる　煙のような　スギ花粉
　どちらへ行くの「ああ風次第」

騒がしい　橋を数えて　やって来た
　ぺっぺっ不味（まず）い　人間（ひと）の匂いだ

塩辛い　ウェー苦しい　かえりたい
　みどり豊かな　ふるさとの山

トンボの詩

みんな来い　こっちだこっち　餌有るぞ
　青田の上に　心地よい風
なんだあれ　ウワー毒ガスだ　早く散れ
　みな大丈夫「羽根をやられた」
天敵の　ツバメが来たぞ　気をつけろ
　「仲間が消えた」油断をするな
沼がある　少し休もう　さあ急げ
　子孫を残す　トンボのすがた

対話の詩

（まあホント　八重咲きつばき）　ふたりとも
　驚かないで　他にも有るのよ
「どんな花」　同じ椿に　千重（せんえ）咲き
　「からかわないで　上があるのよ」
花形は　立体感の　蓮華（れんげ）咲き
　人気有るのよ　「うわ見てみたい」
いいわねえ　わたしゃ侘び助　半開き
　「羨ましいな　茶花の女王よ」

希望の詩

年少に　汗を流して　働けば
生活できると　親の口癖

控え目に　分をわきまえて　食べてゆく
恵みの雨を　手本にしよう

おごそかな　古城があれど　人見えぬ
どうせこの世は　回り舞台だ

足元の　草花を見て　気が付いて
授かる生命（いのち）　無駄には出来ぬ

夢の詩

秒針の　リズムに合わせ　生きている
　未来へつなぐ　いま立役者

タンポポの　綿毛見習い　新天地
　未来を築く　夢よ膨らめ

期待した　春は早くも　過ぎてゆく
　狭間をついて　前進しよう

お互いに　生身は一つ　いつの世も
　平穏こそが　幸福（さち）の源

小鳥の詩

窓見れば　小枝にメジロ　春だなあ
　穏やかな日々　いつまでもあれ

風を待ち　鴨が羽ばたき　北へ飛ぶ
　永久凍土の　減少知らず

子育てに　ツバメが来たよ　巣をつくる
　軒下もなし　青田も消えた

庭に来て　スズメが騒ぐ　われらにも
　餌が欲しいと　ああ哀れな世だ

小粒の詩

青年期　心浮かせた　アーケード
　人込みのなか　行ったり来たり

ビルが建ち　眼下の街は　様変わり
　思い出削る　歳月の牙

白い雲　かがやき上る　あれこれと
　あこがれ抱くも　為す術（すべ）がない

二度と来ぬ　今日と言う日を　有効に
　談笑あれば　これ幸せだ

短歌

草はなあ

草はなあ　踏まれ蹴られて　伸びて来る
生きる見本だ　学んで行こう

草はなあ　はやく実らせ　種おとす
枯れ葉で覆い　世代をつなぐ

草はなあ　秋を迎えて　土となり　水を蓄え
いのち育む

草はなあ　夜風通ると　宣伝す　小虫の宿は
月が売り物

月はなあ

月はなあ　露を振りまき　眠らせる
子守歌には　虫のコーラス
月はなあ　夜空気遣い　細い顔　星はよろこび
浮かれて見える
月はなあ　戦(いくさ)を見ては　大泣きだ　川の水かさ
誰がために増す
月はなあ　ひとり寂しく　西へゆく　地上明るく
居場所が無いと

月はなあ　虫を酔わせる　黄金色（こがねいろ）　常に優しい
王女のこころ

月はなあ　雲に隠れて　泣いている　恋の決裂
それとも挫折

月はなあ　水面（みなも）を見ては　悩み居る
松葉のような　今宵のすがた

月はなあ　裏（うち）に哀しみ　あるようだ　仄かに滲む
ウサギのマーク

二〇一三年（一）

ボイジャーは　三十六年　飛び続け　太陽系の
外へ出たニュース

金融の　大きな津波　来るらしい
逃げ場が無いな　平穏であれ

記録的な　熱波が襲う　証明の　セ氏五十一度の
文字届く

注・カリフォルニア州

自動車の　あこがれの街　デトロイト
財政破綻の　哀しいニュース

注・米国デトロイト

マイカーの　売れ行き不振が　拡大し
自治体破産　ああデトロイト

太陽の　磁極が変わる　反転は　十一年ごとと
NASA（ナサ）が解説

公平の　医療保険に　水さされ　オバマ氏苦戦
不思議な国だ
注・オバマ氏＝バラク・フセイン・オバマ・ジュニア（米・大統領）

アメリカは　熱波に寒波　気掛かりな　穀倉地帯
世界が飢える

竜巻の　惨状視察　被害者を　励ましつつも
オバマ氏に涙

注・竜巻＝オクラホマ州（米南部）

空を飛ぶ　小型無人機　テスト中　位置測定し
ピザを配ると

注・位置測定＝全地球測定システム

進歩する　無人飛行機に　カメラあり
人工衛星を経て　直接操作と

怖いよな　カモメ舞うごと　無人ヘリ
頭上に落下　凶器に思う

公開の　レーザ兵器の　試作品　ロケット弾を
撃破のシーン

記載には　軍用ロボの　泣きどころ　敵・味方の
判断出来ぬと

遠隔の　ロボット兵器　国連は　拡張見越し
拒否するらしい

アメリカの　海兵隊の　戦闘機　垂直着陸に
初成功

注・F三五B・米海兵用

再開の　B・七八七の　バッテリー　発煙騒ぎ
あわや惨事

強風で　地を這う氷り　ミラックスの
湖畔の家に　損傷ありと
注・ミラックス＝五大湖のひとつ（湖の名）

米南部　巨大竜巻　発生と　二日連続
死者もあるらしい
注・米南部＝オクラホマ州

二〇一三年（三）

調査船　カリブの海で　大量の　エビを撮影
深さ五千M（エム）
注・調査船＝有人潜水船（しんかい六五〇〇）

低迷の　欧州バンク　目にとまる　復調の文字
新たな火だね

近ごろは　北極海の　氷り溶け　北欧結ぶ
航路つくると

スウェーデンの　原発とめる　クラゲだと
文明に勝ち　存在しめす

好調の　トルコ経済　膝元は　平和ボケかな
デモの影あり

イスラエルと　パレスチナとの　対話かな
争いは過去　平和よ実れ

イラン側　濃縮ウランを　停止す　合意の報せ
信じて良いの

長年の　反目とけた　記念日だ　気持ちが晴れる
永遠であれ

アフリカ

哀しいな　アフリカ捨てて　欧州へ　地中海で
またも遭難

アフリカの　鉱床めぐり　動き出す　首脳会議は
横浜の地で

ひな壇の　民族衣装は　人目ひく
アフリカ諸国の　輝く写真

アフリカに　植林計画　あるらしい
みどりが繁る　未来を見たや

アフリカに　鉄道・道路の　計画と
規模の大きさ　予測も付かぬ

マンデラ氏　重い鎖を　断ち切った　不屈の精神
世界に残す
注・マンデラ氏＝ネルソン・ホリシャシャ・マンデラ・元大統領

アフリカの　巨星が落ちた　衝撃波
深い悲哀は　世界を包む

ケニアで　現地稼働の　カップ麺　売り込み先は
東アフリカと

アフリカに　東京ほどの　都市できる
将来（さき）が楽しみ　バトルあるかも

痛ましい　アフリカの子の　痩せた胸
母に抱かれた　ちから無き腕

嗅覚で　金目（かねめ）を見付け　世は動く
アフリカにらみ　しのび寄る影

アフリカの　資源キラキラ　投資呼ぶ
将来（さき）はなるのかも　東京なみに

オアシス（二）

お月さん　雲に隠れて　泣いている
テスト悪いの　試合に負けて

スミレ摘み　道草しては　花相撲
いまも咲くかな　秘密の場所に

昼寝する　鼻の形は　富士山だ　美保の松原
口は駿河湾

夕焼けの　島の間を　船が行く　小波きらきら
手を振るようだ

中国

中国は　工業盛ん　人口は　都市に集まり
穀物輸入

中国に　影の銀行　有るらしい　連鎖破綻を
ささやく声だ

注・影の銀行＝借りた金を企業へまた貸す

中国の　アニメ産業　花盛り　世界共通
子供に甘い

一人っ子の　取り決め緩和　中国の　四人家族は
春に誕生

旅行者は　中華代表の　伝播者だ　模範示せと
清き号令

北京市で　お見合いパーティー　関心は
日本も同じ　年収らしい

輿（こし）担ぎ　花嫁おいで　打ち鳴らす　太鼓や銅鑼（どら）の
重慶見たや

注・重慶＝中国四川省

服装は　中国式で　馬に乗る　結婚式は
華やからしい

輿挟み　赤い服着て　お迎えに　クライマックス
花嫁おんぶ

指導者の　倹約令で　生き延びる　上海ガニも
秋月を見る

大規模な　洪水届く　四川省（しせんしょう）　岸を削られ
建物消えた

中国の　濁流を見る　家のまれ　橋が崩壊
四川省哀れ

ドアを開け　家人は道を　五歩あるく
背後の家は　濁流に落つ

四川省　濁流のなかで　救助する　ロープに頼る
隊員を見る

ふぐ型の　展望台は　江蘇省（こうそしょう）　十一億円に
杜牧びっくり

北京市で　カメラは売れぬと　ぼやく人
聞けばもっとも　煙の街だ

注・ニュースより

中国の　大気の汚れ　深刻だ　夜かとおもう
映像とどく

中国の　探査機月に　着陸す　アポロやルナに
続く嫦娥（じょうが）

注・嫦娥＝探査機の名

調査船　南極海で　立ち往生　中国船が
救助に向かう

注・調査船＝アカデミック・ショカリスキー号（ロシア）

オアシス（二）

店内の　魚はみんな　ひだり向き　出口を閉めろ
逃げ出す気配

凧揚だ　おお絡まった　時間切れ　続きはまたの
機会にしよう

一列に　おもちゃ並べて　押している
おさなに見える　新幹線だ

月はなあ　暗い世界を　照らし行く　電池が弱く
半分消えた

二〇一三年（三）

若田さん　日本人初の　船長だ　宇宙船から
覗いて見たい

注・船長＝若田光一宇宙飛行士

鮮明な　アイソン彗星　ありがとう　若田船長
いま見ています

台風に　海面高く　島襲う　街は壊滅
屋根に乗る船

注・街＝フィリピンのレイテー島

台風の　高波寄せた　フィリピンの　島は壊滅
空母も援助

注・空母＝ジョージ・ワシントン（米）

サマラ州で　軍の弾薬庫　約千百万発
五回爆発と

注・サマラ州＝ロシア西部

韓国の　成人式の　少女等は　伝統守り
民族衣装だ

原油積む　列車が脱線　爆発の　火と黒煙に
戸惑うニュース

注・カナダのケベック州

トロントを　豪雨が襲う　地下鉄も　運行やすむ
江戸は安全

注・トロント＝カナダの最大の首都

ニュース見る　今度はカナダ　貯水湖で
氷の波が　岸辺に寄せる

ムンバイと　デリーを結ぶ　鉄道の　計画を知る
変わる大陸

注・デリー＝インド北部の都市

難工事　尾根に生傷　メキシコの　高速道は
開通近しと

注・メキシコ西部シナロア州など

ブラジルに　デモが発生　物価高　政治の汚職と
地元メディア

デモ騒ぐ　緊迫の首都　エジプトに　世界の目線
吸い込まれて行く

エジプトの　デモの打開に　軍が起つ
中立なれど　ゆくえ判らず

ややこしい　ポストを狙い　双方が　デモを行う
エジプト如何に

エジプトの　大統領を　解任と　号外並の
朝刊を読む

素早いな　原油先物　エジプトの　政情不安を
見越し高値

内戦の　シリア危ない　哀しいな　人生わずか
共存しよう

米国は　シリア追い詰め　サリンなど
化学兵器の　放棄をせまる

米国は　空母を廻し　秒読みだ　化学兵器の
査察を迫る

いつになく　ロシア肩入れ　米国と　シリア説得
まだ未確認

国連の　査察に同意　シリア国　間一髪で
惨事をかわす

国連の　査察受け入れ　安定す　シリア内戦
傷跡ふかし

台湾の　軍事演習の　映像は　実弾つかう
閃光の帯

注・二〇一三年四月一七日

発生す　低周音波で　隕石の　速度を測る
すごい頭脳だ

報道は　標的さだめ　盗聴と　世界いらだつ
困ったものだ

ミャンマーと　かつて争う　国境は
現は欠かせぬ　物流ルート

培養し　藻からガソリンを　取り出す
未来を変える　先端技術

届いたよ　上から欠けて　リング状
オーストラリアの　金環日食

坂道を　転げるような　円安だ　泣くも笑うも
立場の違い

将来は　ゲーム感覚で　世が変わる　ロボット対
人間（ひと）の戦い

持て余す　知能ロボット　将来（さき）の世は
警官ロボに　手錠持たすの

高級の　マグロ漁に　制限と　資源おもえば
痛みもあろう

沖合に　風力発電　完成と　国内初は
銚子の地名

四季（山）

山はなあ　見分けの付かぬ　青い色　空に海にも
愛想が良いよ
夏山は　見分けの付かぬ　青い色　山につまずき
雲がもくもく
山のなあ　上に流れる　天の川　黄色い舟が
ゆるゆる行くよ
太陽は　無垢のこころで　降り注ぐ　夏は火傷だ
手加減してよ

海

海はなあ　宝の眠る　玉手箱　鍵を探せば
億万長者

海はなあ　愛を閉ざした　深い淵
開けては駄目よ　浦島太郎

海はなあ　奈落の底で　口を開け　整理一任
口出し無用

春海の　波はひたひた　寄せて来る　陸の水仙
珍しそうに

海域を　ふたつに分ける　淡路島　播磨灘には
鯛とイカナゴ

来島(くるしま)の　吊り橋見上げ　魚(うお)跳ねる
おとめ来ぬかと　また跳ねて居る

うっとりと　夢ごこちで　呑まれゆく
夕日に浮かぶ　瀬戸の島々

蒼海を　潜水艦で　追い回す
深海魚に　安らぎは無し

オアシス（三）

大陸に　風神様は　居るらしい　吹き出し口に
白いさざ波

狸見る　瓢箪にクッ　ひと睨み
お尻ふりふり　山道はしる

焼き餅が　口にくっつき　慌てさす
あたり見回し　何食わぬ顔

青空に　白い半月　さりげなく　保護色つかい
三日月隠す

ああ上野駅

希望(ゆめ)を呼ぶ　あの東京に　先輩ら　十五の春に
出掛けたままだ

懐メロの　「ああ上野駅」　変わりゆく
お国なまりを　運んだ汽車も

耳にする　「ああ上野駅」　よみがえる
十五の春の　就職列車

コトコトと　ふるさと離れ　上野駅
泣くも笑うも　旅立つ十五

宇宙

夜が明ける　星は青ざめ　消えて行く
宇宙も同じ　強いものの勝ち

セシウムよ　帰郷を拒み　如何にせん　地上回復
宇宙の時間

子午線と　切っても切れない　磁石だな
子供に返り　学び直そう

ボイジャーは　時速六万キロで飛行す
地上にデータ　届くといいな

注・ボイジャー＝米の衛星探査機の名

お日様に　探査機迫る　カラーの　太陽フレアは
噴水のようだ

西ひがし　端から端の　星見れば　でっかい宇宙
悩み吹っ飛ぶ

月はなあ　夜ごと着替えて　微笑むも
宇宙の言葉　誰も話せぬ

見上げては　宇宙のへそを　知りたいな
南北の星　億単位だと

太陽に　近付きすぎて　消えちゃった
アイソン彗星　二度と見えない

半島の　形も見えた　東京の　まばゆい光り
いま見ています

浮いている　地球に重さ　あったよな
自転しながら　つかず離れず

ツアー

マンボウよ　尻尾ないじゃん　フフフ見て
ちゃんと有るわと　愛らしい口

マンボウの　目玉見れば　胸に染む
ゆるり泳ぐも　半生の裏(うち)

海中に　迷い込むごと　回遊の
イワシの群れは　頭上横切る

注・海響館（下関）

角島(つのしま)に　架る大橋　連休の
渋滞にあい　見る間少なし

経済

中国の　金融不安　かしましい　いずれが真実(まこと)
懸念くすぶる

中国の　景気減速に　立ちすくむ　世界のリード
実力如何に

消費税の　上乗せ決まる　来年は　不況にあえぐ
日本の企業

危ういな　貧富の格差　かくだいす　支え失い
城が傾く

アメリカの　量的緩和の　反転は　津波の如く
市場を襲う

確定値　また荒れている　外為（がいため）に　関わる人は
頭痛かろう

注・外為＝外国為替

パニックの　石油危機から　四十年
過疎化が進み　スマホ台頭

開通は　ハンブルク市と　鄭州市（ていしゅうし）　列車運行
十五日間と

注・ドイツ・ハンブクル市と中国河南省間

オアシス（四）

パスポート　クジラよクジラ　持っている
領海侵犯　え、漂流なの

ここがさ　一望できる　お気に入り
野鳥の羽ばたき　和風をたてる

鶯の　声をさえぎり　カラス鳴く　我が物顔の
航空母艦

山をなあ　よくよく見れば　こぶこぶだ
赤白青と　衣を替える

隠岐の島

意外にも　近くて遠い　隠岐の島　高速艇で
やっと上陸

配流の　後鳥羽天皇（ごとばてんのう）　いまもなお　二枚貝となり
失意を見せる

注・後鳥羽天皇（一一八〇～一二八九年）

配流の　後醍醐天皇（ごだいごてんのう）　味方えて　船上山（せんじょうさん）へ
みごと脱出

注・船上山＝鳥取県東伯郡

隠岐じまに　幾多のドラマ　星映す　青い海流
尽きること無し

朝顔と　花弁四枚　海に浮く　隠岐の二島
パンプを飾る

注・パンプ＝パンフレットの略

朝顔を　浮かせたような　隠岐の島　無粋（ぶすい）な輩（やから）
剣を持ち込む

意外だな　北前船（きたまえぶね）が　隠岐に寄り　江戸の文化を
まき散らし行く

伝承の　古典相撲は　二番取る　一勝一敗は
こだわり避ける

海上を　夕日は分ける　横見れば　隠岐の島々
影多くなる

急報の　伝馬制度を　隠岐に見る　駅鈴ふたつ
古代を告げる

駅鈴は　官吏(かんり)の証(あかし)　中央へ　馬をのりかえ
隠岐の事変

注・駅鈴＝朝廷から支給した鈴

隠岐じまの　歴史を捲る　目を見張る
厳しい風土　文字に刻まれ

雨の朝　墨絵のような　街景色　明かりが流れ
こころは隠岐へ

長旅は　ツアーに限る　島ながめ
ガイドを見ても　快走つづく

両側に　妖怪ならび　出迎える　境港に
歩行者多し

注・妖怪＝ゲゲゲの鬼太郎

岩肌に　白波あげて　出迎える　西郷港に
やっと到着

暖かい　対馬海流　隠岐の人　骨までしみる
北風ありと

隠岐の人「冬はカニ漁よ」　水揚げは　境港と
目の奥キラリ

断崖の　隠岐の岩肌　縞模様（しまもよう）　宇宙の神秘に
年表めくる

大丈夫　船引運河（ふなびきうんが）　すれすれだ　曲がって抜けた
ここが外洋

注・船引運河＝長さ三三〇メートル

光り差し　沖合い丸く　ひろい空　船の光りは
洋上遥か

洋上に　光りの花を　まき散らし　船首誘導
三郎岩へ

帰路に見る　水平線に　一筋の　光を見れば
神様お越し

海上に　巨大シイタケ　雨降らす　半島の先
白く輝く

小型機は　無事に着陸　一枚の　写真は残す
隠岐の熱狂

郷土史に　昭和十年　水上の　小型飛行機
隠岐に着陸

隠岐の島　明日は晴れてと　手を合わす
願い叶えば　拝殿わすれ

仙台に　青葉のケアキ　米子市（よなごし）は
自然にマッチの　秋の色合い

一転し　北風攻める　隠岐の島　つばさ痛める
鳥もあろうに

島により　岩肌見せる　山あれば　植林もある
漁港は多し

思いだし　対馬海峡　飛んでみる　絵巻の如く
ゆめが膨らむ

工作機

切削の　刃先の位置の　測定器　ミクロの世界
驚異の技術

切削の　ドリルの刃先の緻密さ　超硬合金（ちょうこうごうきん）の
加工も自在

切削の　ミクロの単位　焼き入れの　刃先均等
苦心をおもう

刃の先を　座標に見立て　測定す
レーザー加工は　千分の一ミリ

五輪

東京に　五輪決定　二度目だな　平和のなかに
たのしみ増える

再来の　東京五輪　目の前だ　国際感覚を
養う好機

五色の輪　共に戦い　認め合う　国境溶かす
心技の力

代表は　一国背負い　出場す　五輪のちから
友情結ぶ

秋

三日月の　暗い山道　追い立てる　風の悪戯
枯れ葉をゆする

秋はなあ　錦の色に　変えて行く
急かせるなんて　罪なものだよ

風に乗り　キラキラ光る　鳥おどし
稲穂やさしく　スズメを招く

軟らかな　月の光りに　魅せられて　虫の鳴き声
夜通し続く

虫の声　通訳してよ　楽しいの　哀しいのかな
よくわからない

静寂に　ピッチの上がる　虫の声
あれ途絶えたぞ　移動中かな

低音の　歯切れの悪い　虫の声　元気な音が
入り交じり来る

コオロギに　あれキリギリス　しばらくは
草に近づき　月と楽しむ

秋はなあ

秋はなあ　月の光に　あやつられ　虫の告白
庭は賑やか

秋はなあ　罪なものだよ　山々を　真っ赤な色に
塗りかえてゆく

秋はなあ　心の奥に　すきま風　夜気に紛れて
愛まで冷やす

秋だなあ　豊かな山の　キノコ狩り
採って食べたい　東北の味

秋はなあ　山がそわそわ　恋ごころ　風よお願い
ゆるゆる吹いて

秋はなあ　実り多しと　耳にする　栗を買うにも
たちまち財布

秋だなあ　山は浮かれて　舞踏会　赤あお金（きん）の
ドレスが目立つ

秋はなあ　山を酔わせて　赤い顔
月は知らぬと　清夜を保つ

研修

見極める　選択こそが　力なり　輝く言葉
胸に刻みつけ

注・シーナ・アイエンガー教授（コロンビア・ビジネススクール）

選択は　明日へとつなぐ　夢の橋　踏み出す勇気
これこそ力

人生は　自分の道だ　選択は自ずから開けに
親しみが湧く

価値観の　異なる二つを　見比べる　融和こそが
真の文明と

長いこと　ベルリンの壁　あったよな
現もあるらしい　心の中に

十五分　マシュマロ待てと　子を試す
追跡の結果　勝者多しと
注・マシュマロ＝心理学者・ウォルター・ミシェル氏の研究

生きるため　選択こそが　力だと　ならば決めた
自由が一番

選択肢　人生分ける　振り向けば　節目と一致
頭（こうべ）が下がる

選択の　アドバイスを聞く　迂闊にも
間違い守り　古希まで生きた

将来を　もたらすものは　理性だと　学ぶに遅く
白髪さする

かの教授　電波に乗って　やって来た
知言（ちげん）教わり　震える夜半

注・知言＝道理をわきまえた言葉

素晴らしい　白熱教室　日本にも　講義はあるの
差がつく未来

恐ろしい　数値を読めば　見えてくる
明日の胃袋　国の傾き

たまげたよ　サッカボールの　模様指し
素数を話す　教授の頭脳
注・マーカス・デュ・ソートイ教授（オックスフォード大学）

そう言えば　橋にトンネル　打ち上げる
人工衛星（えいせい）見ても　数式からむ

成功の　境界線は　忍耐と　データを見て
教授は語る

リーダー

一灯を　子供らの目に　灯せたら　査定の出来ぬ
善になると聞く
注・ロナルド・ハイフェッツ教授（ハーバード・ケネディスクール）

若人よ　世界が君を　待っている
俯瞰になれとの　熱弁を聞く

リーダーは　器量見いだし　育成す
すべての徳に　値札は付かぬと

リーダーの　講話を聞いて　気がついた
信頼を生む　高き精神

リーダーの　奥義を聞けば　恥ずかしい
我が思いこみ　全てあやまち

つぎつぎと　前例上げて　解き明かす
信頼無くし　リーダー持たぬ

人の瞳(め)に　希望灯せば　青星の　生命(いのち)救うと
教授は語る

彩雲

降り注ぐ　みどりの光りの　波長を　計算するの
物理はすごい
注・ウォルターー・ルーウィン教授（マサチューセッツ工科大学）

実験の　講義伝える　テレビあり　音の共鳴
グラスを割った

白い虹　赤虹見せて　二重虹　屈折話す
テレビの教授

空の青　赤い夕日を　解き明かす　実験見れば
粒子が絡む

音叉を　前後に揺する　強弱は　回転とおなじ
音速学ぶ

ひとつずつ　心を砕き　解き明かす
パワーエネルギ　心に届く

講演の　最後の言葉は　見えずとも　有るという
存在を知ること

こころ込め　伴侶見付けて　かがやけよ
物理に勝る　幸福（しあわせ）有れと

感動

鉱山の　地質学から　坑道の　測定までの
長い足跡(そくせき)
　　　　　　　　　　注・「磁力と重力の発見」より
片方の　錘(おもり)を増やし　天秤で　磁力を測る
すごいアイディア
ドイツは　印刷書籍の　発祥の地
知ればびっくり　十五世紀だ
可動式の　活字印刷　インクや　製紙の技術を
すでに確立

金属の　加工の技術　更に知る　活版印刷
機器の考案

大小の　活字の文字が　見てとれる　精緻な技術
驚くばかり

読み物に　琥珀(こはく)擦れば　磁気帯びる
地球(ほし)の磁力に　神秘を思う

太古から　知恵を重ねた　跡を知る　学ぶ貴さ
継続にあり

島耕作より

かの社長　過去の栄光　脱ぎ捨てて
スピードこそが　戦略と言う

注・島耕作＝著者・弘兼憲史氏のタイトル名

夜が明ける　その日に合わせ　物作り
聡い社長は　有利に動く

注・経営者＝アローク・ロヒア氏

買収し　現地の文化　活用す　猛者の経営
末恐ろしい

自ずから　「運命変える」と主張　荒武者ぶりの
主に共感

注・火鍋の代表者・張　勇氏

もてなしで　心とハートの　縁むすぶ
異彩を放つ　主（ぬし）の太っ腹

人を呼ぶ　働く精神（こころ）　主は説く　満足あれば
ハートをつなぐ

モンゴル

モンゴルは　石炭豊富　知恵絞り
コークスに変えて　外貨稼ぐと
モンゴルの　石炭輸送の　骨折りは　船積の夢
こだわり強し
モンゴルの「運命に和せよ」この言葉
心の中に　留めておこう
モンゴルに「運命に和せよ」の名言
困難は好機　タックルしよう

無題（二）

また散った　ノウゼンカズラ　枝先の
つぼみ膨らみ　生命（いのち）受け継ぐ

戸締りに　鍵をかけるは　当たり前
物騒な世を　そのまま映す

キッチンに　空き巣が入る　犯人は
床に残した　花の足跡

復活の　走れSL（エスエル）　乗りたいなァ
六年待とう　大分と別府

青春の　アルバム見れば　懐かしい
スリムなボディー　まさか俺かよ

カラーの　星の衝突の　画面見る
すばらしい世を　生きているのだ

気配りし　華麗に暮らす　大器より
こころ潤す　大地に頼る

月並みに　古いと言って　捨てないで
確かな声は　携帯電話

旧式で　あまり冷えないな　少し待て
君にもいずれ　似た日が来るよ

カッコいい　今度の新車　今までに
手入れしたのは　見せ掛けなのね

風を切る　子らの自転車　まっしぐら
背なは遠のき　さやかを残す

先駆者ら　常識破る　自動車の
自動運転に　取り組む時代

アリ叫ぶ　小山のような　靴底だ
おい、下を見ろ　俺をつぶすなと

銭のため　腹を満たせば　青田刈り　新たな企業
増える一方

注射針の　キャップが変わる　首縮む　亀の頭だ
誰の考案

蟹カゴだ　油断するな　「餌がある」
腹はペコペコ　これ罠だった

頭上から　白い光線　青い波　跳ねては洗う
星砂の浜

注・星砂の浜＝西表島

電線に　寄り添う鳩の　近くから
羽撃くカラスの　口に球あり

腕ほどの　幹を切られた　樫の木は
「それでもいいよ」と　脇目を増やす

共存し　よろこび分かつ　ありがたさ
老いて目覚める　絆なるもの

清流に　疑似餌（ぎじえ）投げ込み　アマゴ釣る
生命（いのち）は跳ねて　恨みを示す

入れ替る　蝉の鳴き声　集音を　している様な
たちあおいあり

やさしいな　残雪解かす　陽のひかり
草木よろこび　カエルはうたう

伝え来る　神秘な光り　神様の　指にぴったり
ダイヤモンド・リング

縫製は　ミシンの仕事　電子機器
ロボットが造り　人手は無用

梅が咲き　こころが弾む　戻り風　さっとひと鞭
芽を威嚇する

逃げてゆく　白鷺三羽　西へ飛ぶ　消えては光る
春光の裏（うち）

パレードは　誰が生徒か　先生か
やっと見つけた　背中の名札

将来（さき）の世は　星のツアーに　行きたいな
身近な月は　距離が縮まる

ちょうど良い　タワーに上り　富士探す
雲は強情　隠して見せぬ

並行の　首都こうそく　品川の　地下トンネルの
合体完了と

往来の　地下深く掘る　トンネルの　合体工事を
幾人気付く

電線を　地中化にする　計画は　五輪に合わせ
底辺うごく

岩絵の具　打たれる時は　痛かろう
壁画に生きる　永遠(とわ)の輝き

カロリーだ　精度が高い　気にすれば
食卓やせて　見るも侘しい

玉堂

絵画（え）を見れば　こころを癒す　風情あり
熟練の技　玉堂のこす

注・画家＝河合玉堂（一八七三〜一九五七）

傘を差し　水車の前で　立ち話　のどかな声が
聞こえてきそう

注・題名の「水声雨声」より

穏やかに　画中に残す　玉堂の　大和（やまと）の心
永遠（とわ）に生き抜く

敢えて描く　篝火（かがりび）二つ　向き合わせ
真ん中の鵜に　注がす技法

一幅の　跳ねた真鯉を　目にすれば　君は男児だ
飛翔を込める

ホーホーと　舟人の声　篝火は　川面を照らすと
絵師書きのこす

馬を連れ　峠を越える　玉堂は　昭和の風情
現に伝える

モネの庭

モネの庭　世界に二つと　アピールする
北川村に　さあさあおいで
注・北川村＝高知県安芸市
まるい葉に　紅白開く　モネの庭　池の小径を
行ったり来たり
モネの庭　若葉が似合う　池に浮く　赤い睡蓮
輝いていた
複製の　モネの絵画は　土佐(とさ)の地に
出迎えている　四季の花々

オアシス（五）

好きなのに　貝のつぶやき　明日知れぬ
囚われの身と　プッと潮を吹く

まん丸い　真っ赤な夕日　あ、危ない
屋根につまずき　倒れて暗し

夢叶う　打ち出の小槌　借りたいな　大黒様は
なに語話すの

足音を　はや聞きつけて　一段と　音量上げる
雪解けの水

日本丸

五月晴れ　今治港に　日本丸　船内見せる
それ駆けつけろ

甲板の　白いロープに　風化あり　長い航海
静かに語る

てきぱきと　マストにのぼる　船乗りは
うねる海原　怖くは無いの

帆船の　マスト四本　後方へ　すこし傾く
そうか風力だ

椰子の殻　油分をふくむ　帆船の　甲板磨きに
欠かせぬらしい

帆船の　甲板見れば　チーク材　色は抜け落ち
親しみ籠もる

水に浮く　コップのなかの　赤ワイン
常に平らか　羅針盤おなじ

コンパスの　前に二つの　操舵輪（そうだりん）　実習生の
訓練を知る

注・コンパス＝羅針盤

山（一）

山はなあ　星を探して　西向けば　不穏な光り
いくつも見たと
山はなあ　岩場むき出し　雲を切る　憧れ誘う
凛々しい姿
山はなあ　朝日を招く　母らしい
ふもと見下ろし　そろそろ起きな
山はなあ　みどりを纏い　花盛り　海を育む
観音様だ

山はなあ　淡い紅色　枝に掛け　春よ早くと
旗振るようだ

山はなあ　寒さに耐えて　星を見る
風雨浴びても　姿勢を保つ

山はなあ　肩を怒(いか)らせ　風防ぐ　雨を蓄え
ぼちぼち流す

山はなあ　小鳥の声に　蔦かずら　もつれた姿
気にも留めない

思い出

木造の　古い校舎を　思い出す　薪ストーブに
タクアン香る

筒状の　ホタルブクロに　蜂もぐる
出口押さえて　刺されて泣いた

注・ホタルブクロ＝花の名

帰り道　ウサギの餌に　アザミ折る
チクチク刺され　指先で持つ

博労は　峠を越える　少年期　見知らぬ町に
憧れ抱いた

博労＝牛馬の売買・仲介の人

ありふれた　モンペ姿に　割烹着　強く支えた
昭和の女性

おさな日は　継ぎ当てズボン　やっと知る
夜なべで直す　母のひと針

上下白　白足袋(しろたび)履いて　得い顔　万国旗の下の
運動会

メール打ち　安否気遣う　唐突に　訃報受け取り
戸惑い沈む

箱根経由東京

早朝の　小雨払って　さあ行こう　箱根経由の
東京ツアーだ
離陸する　翼の下に　島が浮く　住み慣れし街
傾いている
銀色の　翼の下は　うねる雲　波乗りの影
追い掛けてくる
下降する　前に塞がる　雲の山　飛首は突っ込む
波打つ機体

三度目の　箱根の宿は　小涌谷(こわくだに)　松葉にたまる
白い雨粒

音に聞く　箱根の町は　坂ばかり　自転車みえず
通学思う

繰り返す　スイッチバック　三回だ　箱根鉄道
あじさい見頃

注・スイッチバック＝急勾配のため折り返し式

知れ渡る　箱根の険(けん)も　なんのその　座席に座り
あたり見回す

梅雨らしく　箱根の山は　濡れている
青葉が閉ざす　千仞（せんじん）の谷

梅雨らしく　青葉一色　やまぼうし　箱根の山に
白く点在

荷を運ぶ　箱根の馬子は　辛かろう
車窓を見れば　人家も見えぬ

小雨降る　芦ノ湖からは　富士見えぬ
見えたとしても　淡い夏山

東京

前回は　都庁に上る　ゆび程の　白い富士山　ふたりで見たね

東京に　五輪を誘致　はやばやと　二千二十の文字が点灯

下町の　恐れ入谷を　通り行く　朝顔市と鬼子母神あり

注・入谷＝東京都台東区（地名）

湘南の　クロマツ続く　砂防林の　維持は大変見るには綺麗

シンボルの　東京タワーを　消して行く
異物のような　スカイツリーは
東京へ　東北線は　乗り入れだ　お国の言葉
薄らいで行く
復元の　東京駅は　三階だ　上空権を売り
ホテルをつくる
断面の　都心を見れば　そっくりだ　豪華客船
地下に土なし

特撮の　ゴジラ映画を　思わせる
スカイツリーは　巨人の目線

天辺の　落雷写真　ぱっちりだ　スカイツリーに
見とれているよ

東京は　雷雨らしく　暗い空　スカイツリーに
白いイナズマ

上と下　見晴らし変わる　飲み込めた
スカイツリーよ　双方が大事

天空を　突き刺すように　直に立つ
すみだタワーは　新名所なり

広いなあ　あれが荒川　隅田川　地図と同じだ
霞んで見えた

近付けば　足もと狭い　塔体は　トラス構造
強さ抜群

注・トラス構造＝三角形を基本単位…

上りゆく　あの隅田川　細くなる　狭い浅草
富士山見えず

空高く　窓の開かない　ガラス張り
居心地いかが　風さえ見えぬ

東京の　上空せまく　山見えず　ビルの谷間に
溢れ出る人間(ひと)

東京は　異国思わす　人の数　さらっと消えて
また溢れ出す

地下鉄に　地下街増える　東京は　造形の美を
競うが如し

日の本の　歴史を刻む　赤れんが　やっと修復
凜と輝く

東京の　遺伝子見れば　身震いす
いずれ似てくる　軍艦島に

注・軍艦島＝長崎県の端島（通称）

箱形を　地上で制作（つく）り　つなぐとは　湾岸線の
海底トンネル

注・湾岸線＝首都高速道

疲れたな　さらば羽田よ　東京よ　愛犬連れた
西郷さんだ

注・西郷＝西郷隆盛

新居浜

地区別に　四日に及ぶ　秋祭り　飾り尽くした
この太鼓台

新居浜の　太鼓の音が　聞こえ来る
バスにも勝る　大きな造り

太鼓台　道をふさいで　立ち止まる
バチは動けと　盛んに急かす

整列の　十七台の　太鼓台　合図もろとも
差し上げ比べ

差し上げた　舁（か）き棒しわむ　ゆさゆさと
揺すれば揺れる　四隅の房（ふさ）も

立体の　龍の刺繍の　布団締（ふとんじ）め　金糸かき分け
目玉がぎょろり

太鼓台　四隅の「くくり」　雲という
龍よ目覚めと　バチ音激し

太鼓台　高きに上り　蜘蛛の糸　投げて湧かせる
子供の演技

双方の　龍の手元に　玉と剣　雨を願った
庶民のあかし

太鼓台　五十回ほども　鉢合わせ
夜のニュースに　怪我人有りと

一対の　龍の刺繍は　高価なり　金糸で描く
職人の技

秋来れば　行かななるまい　太鼓見に
老若湧かす　男の祭り

オアシス（六）

立体を　素早くつくる　プリンター
魔法のランプ　うわ金持ちだ

天然の　黒いつばさは　暑かろう　「晴雨兼用
知らないなカアー」

地上雨　月はゆっくり　骨やすみ　裏方おなじ
甘くはないぞ

夕焼けは　地上を染める　意地を張り
渓暗くして　真水を守る

プリンター（３Ｄ）

立体の　金型つくる　プリンター　実用化めざし
動き出すとか

三Ｄで　リンゴつくるも　食べれない
僕には不向きよ　必要ないわ

簡単に　立体つくる　プリンター　しかも安価
産業変える

瓜ふたつ　彫刻つくる　プリンターは
著作権など　お構いなしだ

浮き世

金融の　量的かんわ　縮小の　気配読み取り
株価変動

精米所　無人であって　人の声　金貨催促
扉が開く

燃え盛る　若き競技の　体操は　向かう敵なし
まぶしく映る

マンホール　覗いて見れば　レンコンの
穴を貫く　ケーブルと管

フレッシュマン　一足先に　ぼく辞退　半生常に
時刻と駆けっこ

一片の　花弁見ても　痛ましい　夭逝（ようせい）を聞く
親の心情

往年の　華やぐ街も　円高の　高波をうけ
人影まばら

青空に　クモが沸き立ち　のぼりゆく
真夏のような　元気が欲しい

酒飲めど　湧き上がり来る　悔しさを
あえて呑み込む　これも世渡り

天地裂き　アポロの神は　昇り来る
争う地上を　みたくないだろう

オーイ雲　どこまで行くの　「山を越え
水を届けに　長の旅路だ」

案山子見る　日照りいとわず　スズメ追う
刈り入れ済めば　無用なりとは

今日もまた　仰ぐこころは　日本晴れ
雲が沸きたち　味わい添える

眺めては　車輪の素材　なんだろう
摩擦もあるに「のぞみ」は走る

阿修羅経て　むさし敵なし　静と動
モズの目線に　生気をのこす

赤いバラ　聞けば造花と　答え来る　万事に疎く
未熟を恥じる

青星に　原発ふやし　海沸かす　地球まるごと
茹で上がるかも

男なら　迷い断ち切れ　舵を切り　思い新たに
挑戦しよう

老いの身に　甘い言葉の　メール来る
ふところ狙い　ふてぶてしいな

長期間　あんてい雇用　欲しかった
マイホームにも　手が届きそう

ウグイスは　楽しいのかな　モテないの
内容知らず　耳に優しい

あなた好き　声を聞いても　仕方ない
見詰めないでよ　ネエ地蔵さん

東北は　人口多しと　むかし聞く　米もリンゴも
安価な時代

市民出て　大掃除の日　鍬(くわ)を持ち　数回振れば
農夫を思う

空を突く　周りのビルに　威圧うけ　都会脱出
ひと息いれる

知恵を寄せ　緻密に建てた　宮殿も　ああ液状化
自然はつよし

折れそうな　精神（こころ）の杖に　画家達の
苦境の時代（とき）を　手本にしよう

将来（さき）の世は　リストラらしい　社のために
骨折る社員　幾人居るや

あの会社　過剰教育　漏れてくる　傾きすぎて
仇になるかも

流行の　ポケベルなんて　触(さわ)らずだ
張り番らしい　携帯電話

浮上する　スマホ依存症　同じだな
今宵もつづく　我が不甲斐なさ

憧れし　高級マンション　年取れば
小さな墓碑に　こころは移る

秋の夜に　伝記を読めば　国滅ぶ　格差が因（もと）だ
日の本如何に

本気（まじ）かよう　豚がたらふく　米を食う
飢えと闘い　職探す世に

バロセロナー　十九の胸に　金メダル
個人メドレーは　日の本湧かす
注・十九＝瀬戸大也氏十九歳・世界新（四分八秒六九）

会場を　渦に巻き込む　回転だ　軸は垂直
スケートは動く

華の世は　死後も共存　飲み込めた
録画とおなじ　足跡のこる

何事も　有れば有ったで　苦労す
無ければ無くて　悩みは尽きぬ

七十の　歳を重ねて　来てみれば
変わる世情に　戸惑うばかり

いつまでも　僕のこころは　青春だ
老いはすなおに　記憶を削る

名物の　隅田の花火　暮らし見て　かみなり様は
中止にさせた

昨日まで　王座を占めた　印刷機　駅伝のごと
役割終える

驚かす　印刷技術　缶見れば　細かな文字に
カラーの図柄

秋の月　東の方（かた）に　白い顔　夜に復活　黄金一色（こがねいっしょく）

むかし見た　和服に似合う　ほつれ髪
カット主流の　いまは淡泊

目に見えぬ　オリに入れられ　生活す　番号制の
我は何組

釜の内　小豆(あずき)が踊り　音を出す　耳を澄ませば
不思議なご縁

終電に　ネクタイゆるめ　駆けて来る
窓も見ている　疲れたすがた

原爆は　無用なものと　どこからか
うら寂しげに　雲が流るる

足跡は　雪男かな　週刊の　ジョウクが通った
昭和の魅力

レコードは　昭和の時代　デジタルは
現の世に似て　ノイズ切り捨て

通学の　自転車多し　世を映す　路線縮小の
バスターミナル

過去の人　自然破壊は　愚かだと　未来の声が
聞こえてきそう

昔から　トマトは野菜　いつの間に
調味料となり　欠かせぬ味だ

青星に　張り巡らした　銭の道　流れは同じ
血栓はダメ

年を取り　止せばいいのに　欲を出し
有り金はたき　あとの祭りさ

強行し　秘密保護法は　通過す　見ざる知らざる
鎖国のようだ

夕暮れに　カラスは帰る　シンデレラ
稼ぎは現(いま)と　不夜城めざす

膨よかな　白い男爵　金に換え　小粒を食べる
農の横顔

木の芽吹き　桜が遅れ　咲いてくる
この頃地球(ほし)は　俺に似てきた

移りゆく　百年前は　人力車　宇宙ロケット
飛び交う時代

「君の名は」　ラジオの声に　思いやる
素朴な時代を　生きてきたんだ

注・「君の名は」＝ＮＨＫラジオ番組

組み立ての　電機部品の　秋葉原　六十四年の
幕閉じたと聞く

伝え聞く　老樹主役の　梅の花
待って居るだろう　湯島神社で

一票の　格差は違憲　判決で　やっと守った
三権分立

腹くくり　三権打ち出す　旗頭（はたがしら）　見込みがあるな
わがふるさとは

縦割りの　三権分立　突き付けた　黄門様の
この紋どころ

富士山

富士山は　文化遺産に　決定す　世界の宝
大事にしよう

富士山と　美保の松原　ユネスコに　同時登録
名画完成

日焼けした　夏の富士山　青黒い　霞が掛かり
小柄に見える

真っ白い　今朝の富士山　化粧顔　照れて真っ赤
今度は影絵

よさこい

夏の夜は　火が付くようだ　来て見いや
鳴子の音に　土佐がざわめく

夏の夜は　鳴子振り振り　飛び跳ねる
これ千代どのや　余の城下町

注・千代＝城主・山之内一豊の妻

土佐の夏　鳴子の音で　盛りあがる
クジラも浮かれ　黒潮ゆする

華の世と　どよめき起こす　鳴子あり　右へ左へ
隊列うごく

オアシス（七）

現わかる　しろ目大きい　サザエさん
怒り描くも　愉快な家庭

お月様　どなたを探し　昇りくる「君も一人さ」
一本負けだ

風はなあ　でっかい空を　大掃除　被害出るけど
大目に見るよ

雨の子は　雲に跨り　旅に出る　これ気をつけろ
転覆するぞ

木曽節より

木曽のなあ　船乗りさんは　辛かろうに
頬切る風が　筏（いかだ）を攻める
木曽になあ　立ち寄る人は　止めてくれ
樵（きこり）木を切りゃ　御山が寒い
木曽のなあ　おんたけさんは　寒かろうに
下りておいでヨー　湯加減いいよ
木曽のなあ　おんたけさんが　眠る頃
星は着飾り　宴でダンス

木曾のなあ　おんたけさんが　背伸びする
春は間近だ　里から芽吹け

木曽のなあ　おんたけさんは　朝寝坊
春はまだかと　小鳥が騒ぐ

木曽のなあ　船乗りさんは　聞き上手
山のぼやきに　筏をしのぶ

めぐみ

澄み渡る　空のたて琴　春の色　蝶蝶よろこび
花々めぐる

春めぐり　心のなかに　夢が湧く　空一杯に
星の花花

暖かい　春の光りを　窓に見る　部屋は虹色
こころ変えゆく

空の音　こころの耳に　落ちついた
夢から覚めて　朝焼けを見る

山間（やまあい）の　さくら愛でつつ　湯に浸かる
風はかすかに　うぐいす運ぶ

目をこすり　つくし顔出し　すみれ見る
夢の世界と　小鳥も歌う

大空は　おいらの心を　うけ入れる
飛んで行こうか　あの山越えて

長かった　魔法が解けて　今朝を見る
外の桜に　こころが弾む

農

田植機は　緑の色に　塗りかえる　風はよろこび
生命をさする

早いなあ　ここの一画　代掻きだ　夏に刈り取り
いかなる品種

豊作に　価格は下がり　憂い顔　祝賀の年(とし)は
農にも有れよ

浅く掘り　小さい苗を　植えてゆく
土地の温もり　花を咲かせる

冬枯れの　田圃をまぜる　トラックター
酸素を送り　地力を戻す

茶畑は　みどり鮮やか　主語る　霜から守る
苦労しみると

五十頭を　一〇分間で　搾乳す　意外な記事は
現の酪農

色むらに　糖度を測り　玉揃え　紅マドンナは
食の安全

注・紅マドンナ＝ミカンの名

あれなんだ　農家あぶない　コメ食べて
アンパンマンと　知らせに行こう

あちこちに　田植え機動く　おぼつかぬ
児らの行列　まぶたに浮かぶ

先端技術

切りくずが　長く続くと　ロボットの
工具が傷む　更に研究と

耳慣れぬ　元素戦略　平らたくは　高機能を持つ
材料開発

レアアースの　輸入減少　代替えを
つくる頭脳の　苦悶を思う
注・レアアース＝モーターに不可欠（希土類）

パソコンの　マップの写真　東京の
屋根はカラフル　窓まで見れる

研究は　声で使える　スマートホン
義手に応用と　朗報届く

アメリカは　馬型ロボを　創り出す　兵士に追従
荷物運搬

注・馬型ロボ＝重さ（約百八十キロ、時速十キロ）で動くと

公開の　馬型ロボは　俊足だ　ジャンプもこなし
坂道登る

知りたいな　宇宙の果てと　中心を　星雲の渦
いずこにありや

無題（二）

吊り橋は　共振により　崩壊す　貴重な画像
目に刻み込む

注・タコマナローズ橋（アメリカ）一九四〇年

温暖化　北極圏を　溶かしゆく　永久凍土
だんだん狭し

振り返り　身の上責めて　何とする
即座に捨てて　一歩前進

地下深く　背中振るえば　家揺れる
山が裂けたぞ　これ聞こえたの

公約に　期待を抱いて　二年待つ　暮らしは同じ
またも落胆

自民党　政権奪回　株価は　祝砲のごと
高値更新

重さある　機体、車体に　好都合　軽く錆びない
炭素繊維

紙おむつ　大人も利用　先駆者の　苦労が実り
世界にのびる

つぎつぎと　扉を開けて　部屋を見る
すこし判るよ　異文化の良さ

遺伝子で　人材さがす　将来(さき)の世の　英知集団
いかなる世相

この五体　骨の髄まで　遺伝子だ　存する現(いま)は
ただの中継

遺伝子の　組み替え技術　将来は
歯の生え替わり　出来ぬものかと

小型の　遺伝検査機を　開発と　医療を変える
時代（とき）の趨勢

あふれ出す　光に満ちた　夜の街　いずれが真実（まこと）
日本の素顔

主役でも　年には勝てぬ　列車あり　保存技術で
映像に生く

フカヒレに　大枚（たいまい）払う　人気ぶり　個体減少
保護叫ぶひと

目前の　大河の中を　のぞき込む　個体は替わり
生命をつなぐ

陸上で　クロマグロを採卵する　施設が稼働と
気張る長崎

注・気張る＝頑張る（方言）

華の世は　こころ酔わせる　ひかり有り
何時しか翳り　老いの静寂

若人よ　チャンス到来　飛び乗ろう
未知の世界は　男のロマン

巣立ち行く　君に送ろう　胸ふかく　希望灯せば
ちから倍増

春先の　君に送ろう　取り組むも　熱意を削る
損得の怪

巣立ちゆく　君に送ろう　色褪せぬ　進取果敢は
栄光の道

風が吹く　渦を巻きつつ　すすみゆく
これ止(や)めないか　家屋メチャメチャ

珍客の　塩辛とんぼ　庭に来る　環境もどり
愁いやわらぐ

東北の　四大祭り　申し込む　ツアーは満杯
変わらぬ人気

摩周湖は　ブルーのなかに　青い珠（たま）　伝説聞けば
神宿る島

捨てきれず　重荷を背負い　歩み行く
富士山思い　また頑張ろう

タラバガニ　分厚い殻で　のし歩く　海底に棲み
陸上知らず

貝見れば　砂に生息　すごいなあ　魚（うお）と距離置く
特技見せつけ

砂時計　落ちる三分　頑張ろう　きついサウナに
効能有るの

釣り上げた　魚のように　新鮮な　嵐のあとの
夏山の青

パソコンの　遠隔操作　耳にする　毒も薬と
これサジ加減

将来（さき）の世は　メガネ革命　遠近は
ハイテク生かし　自動焦点

ひと昔　栄華を極めた　パソコンは　いまや落日
宮殿思う

ひと言の　議長の声は　おもろいな　世界の株も
為替も揺する

城山に　初夏の風有り　ほど遠く　西に万葉の
にぎたつの海

注・万葉＝万葉集（額田王）

つらい時　哀しいときは　雲を見る
夢が湧くから　強くなるんだ

亡くなった　アンパンマンの　生みの親
僕負けないと　まるい顔は言う

雲はなあ　山を溶かして　下りて来る
まるで魔法だ　音さえ立てぬ

三日月だ　ひろいお空に　ひとりゆく
星が取り巻き　ひそひそ話す

ありふれた　文字に色あり　香りあり　心の花を
咲かせてみよう

能登はなあ　輪島塗だよ　魅了する　沈金蒔絵の
持ち味ひかる

水槽の　鯛の背中に　触れてみた　横向きになり
汚れを洗う

魚にも　伝染病が　あるらしい　エビ鮭マグロの
業者はぼやく

いつまでも　あると思うな　富と剣　時世は無情
舞台を回す

まぼろしの　夢を抱いて　暮らすより
覚悟を決めて　進んでゆこう

教室で　悪戯（いたずら）かさね　叱られた　現（いま）は我が身の
骨格となる

亀は勝つ　ノーベル賞の　足跡(そくせき)は　常に前進
キラリと輝(ひか)る

安全な　手紙が好きだ　耳にする　盗聴騒ぎ
関係ないさ

紅葉(こうよう)を　愛(め)でる人在り　色づきの　真相知らず
人は分散

終戦日　思い出すのか　セミ時雨
まるで冥福　深く染み入る

うぐいすに　せせらぎまじり　耳に入る
和音の如く　味わい深し

姫路城　窓の富士さん　流れゆく　早くも着いた
東京駅だ

古希なれど　粋なあの娘に　一目惚れ
声を出そうか　振られちゃ惨め

くもり空　さくら輝き　まち覆う　富士は尻込み
上部を隠す

「君の名は」聞けば昭和が　よみがえる
慎み深い　時代(とき)の女性は

去ったとて　泣いてくれるな　赤城山
はや明らむぞ　国定忠治

過ぎて行く　冬の厳しさ　あればこそ
喜びを知る　梅一輪に

ふるさとは　屏風を立てた　狭い空
トンビが三羽　静かにまわる

めぐり来た　冬の寒さが　身にしみる
愚痴を言いつつ　余生味わう

カワセミは　魚を銜え　写真集　煤けたスズメ
相手にされぬ

金色の　衣を纏う　満月は　いつも変わらぬ
乙女のようだ

何事も　終わりよければ　すべて良し
区切りをつけて　次へアタック

唐突に　雷鳴おこり　軒下に　防犯カメラが
追いかけてくる

空の下　あなたの街が　呼んでいる
行かななるまい　地図帳さげて

山登り　一口掬う　いわ清水　さやかな味が
胸に広がる

生きものに　愛のこころと　神は説く
虫は飢えよと　遺伝子認め

悩んでも　どうにも成らぬ　切り替えの
スイッチを押せば　新たな世界

麦の穂は　真っ直ぐのばし　天を射す
旅立つ春の　若人おもう

軒下の　風鈴の音(ね)は　寂しそう　窓を閉め切り
ドラマに夢中

洪水の　非常事態は　イタリアだ　世界各地で
今年(ことし)は荒れた

フィリピンを　台風襲う　救済に　空母を寄せて
物資の輸送
注・空母「ジョージ・ワシントン」

立ち上る　水蒸気まで　映し出す
気象衛星　恵まれた世だ

エボラ熱　蚊が媒介す　殺中の
代々木公園　立ち入り禁止

十本の　垂れ幕吊るす　わが郷土
他県も掲げ　バトル演じる

素朴

君知るや　背中丸めた　親の顔　企業兵士
つねに格闘

君知るや　豊かな土地に　頼る人　地下深くまで
掘り返す人間(ひと)

君知るや　手元に届く　食べ物は　裏に数多の
骨折る人を

君知るや　期待を込めて　メール打つ
機器の制作　知者の格闘

秤

先の世は　遺伝子操作　博士どの　天才ばかり
生徒は居るの

ネエー博士　星の誕生　見てみたい　重いガス雲
後どうなるの

ネエー博士　金ぎん酸素　銅などの
つくる方法を　そっと教えて

君知らぬ　元素は誰も　つくれない　不思議だな
ここに有るのに

サイコロ

サイコロの　一(いち)の背中は　「なんだ六」　頭がかたい
八面体だ
サイコロの「ちょっと質問　面いくつ」
これは参った　それが正解
サイコロの　用途知らずに　興味持つ
正多面体は　五種類もあり
太古から　粒子に触れる　サイコロは
磁力を明かし　電気に至る

砂丘

古都に見る　枯山水の　波の庭　風紋つくり
砂丘は挑む

吹きつける　風は熊手(くまで)を　持つのかな　鳥取砂丘
筋目清らか

旅人は　風紋壊し　のぼり行く　かぜは素早く
模様を直す

砂山の　落ち込む前(さき)は　日本海　広い星空
一度は見たい

冬

雪はなあ　大地を覆う　大布団　春まで眠れと
風から守る
冬はなあ　風がよろこび　かけまわる
雪を巻き上げ　遠くへ投げる
知るほどに　熊の血筋か　のそのそと
こたつに潜って　春を待ち居り
虫はなあ　生命をかけて　春を待つ　耐える姿を
人間(ひと)は気付かず

読書から

苦しみの　一部始終を　紙に書く　悩みよ悩み
さあ飛んでゆけ

紙に書く　悩み退治の　おまじない　正体知れば
意外と楽だ

注・「道は開ける」D・カーネギー著（訳・香山昌氏）より

卓上に　ミルクを零す　悔やんでも　元に戻らぬ
忘れることだ

本読めば　仕事をつくれ　多忙にし　悩む時間を
追い出せとある

夢は

旅はなあ　未知を奏でる　音楽だ　こころ十八
天にものぼる
夢はなあ　こころを湧かす　恵比寿様
今日もしっかり　胸に抱こう
夢はなあ　小さい希望（ゆめ）の　継ぎ足しだ
宇宙ロケット　どんどん進め
夢はなあ　蛍のように　飛び回る　狙い定めて
射貫いて行こう

あかつき丸

万歳に　くす玉割れて　滑り出す　あかつき丸の
進水式だ

注・進水式＝二〇一四年二月一六日

船首から　五色のテープ　風に舞う
放つふうせん　春空のぼる

波際は　みどりのライン　目の前の　白い船体
お披露目似合う

進水の　あかつき丸は　フェリーだ
乗ってみたいな　八別航路

注・八別＝八幡浜（愛媛）―別府間

紅白の　幕が解かれた　下からは　あかつき丸の
船体の文字
お土産に　紅白の餅　航海の　無事故を願う
達者で居ろよ
見学者　千人を超す　そのひとり　陽光のなか
シャッターを切る
船首から　マストを通し　船尾まで
風に揺られる　万国旗有り

オアシス（八）

道筋の　真っ赤なバラが　失せていた
朝の車列が　揶揄して通る

上を向く　それならそうと　最初から
言えば吹くでしょ　鯉のぼりさん

水鳥は　水面を蹴って　羽撃いた
浮いた浮いたと　大空をゆく

トム猫は　ネズミを狙い　爪を研ぐ
鼻をピクピク　習性かなし

無題(三)

ありがとう　心を結ぶ　この言葉
いまもどこかで　絶えず活躍
猛犬の　近く通るは　並のひと　知者は迂回し
余裕を見せる
波音は　月の浜辺に　ふさわしい　むかしも現も
この桂浜
のう毛虫　バラも咲かねば　切られまい
「暫しの花瓶」　それも良かろう

ワンテンポ　常に遅れて　小銭出す　レジで赤恥
嗚呼わが頭脳

自生する　附子（ぶし）に毒持つ　トリカブト
其（そ）は誰がために　また咲いてくる

注・附子＝塊根

蟻んこは　餌を探して　這いまわる
どこか似ている　セールスマンに

アリよ蟻　エサの豊富な　街へ行け
なになに嫌じゃ　石ばかりだと

蟻見れば　だんがい絶壁　軽々と　素早く動く
いかなる仕組み

海はなあ　汚れた水の　捨てどころ
「魚が棲むのよ　それでもいいの」

難民に　救援物資が　有るらしい　真実（まこと）の愛が
仄かに見える

聞き慣れぬ　「援蒋（えんしょう）ルート」　よく読めば
歴史悲しや　傷跡ふかし

青春の　ムード持ち込み　せめぎ合う
熱く燃えろよ　短歌甲子園

やま道に　雉の若鳥　三羽待つ　やっと出会えた
九月の佳日

男なら　弱音を吐くな　お手本の　臥薪嘗胆（がしんしょうたん）
見習って行こう

鳥かごの　窓が外れて　飛んで行く
二度と戻らぬ　聞き慣れた声

逃げてゆく　斜光の中の　小鳥見る
餌は有るかよ　ねぐらはどこだ

谷間より　灰かにのぼる　虹の橋　未知の世界へ
夢を誘（いざな）う

虹色の　風はそよそよ　吹いて来た　花の香りを
満たしておくれ

山椒の実　舌に噛みつき　慌てさす　錆びた頭は
動きが鈍い

山の蝉　頬にキスして　逃げて行く
愛のしるしは　もぞもぞ痛む

憧れて　ハート目掛けて　弓しぼる
古希は無理と　赤旗あがる

のう駒よ　霧の日高が　恋しいの　みどり豊かな
牧場へ行こう

江戸川は　おいらの好きな　プラカード
高く掲げて　サンドイッチマン

山は富士　海は宮島　奥入瀬（おいらせ）の　三大美観
後世おなじ

街路樹は　やっと回復　秋口に　枝の剪定（せんてい）
またも重傷

黙々と　田畑耕す　農夫見る　大地を信じ
豊作願う

「頑張れよ」　なんて言えない　何事も
遊びごころで　さあ挑戦だ

将来は　紙の教科書　消えそうだ
デジタルの文字　効き目は如何に

恥ずかしい　島に定義が　あるなんて
西ノ島に添い　新島できる

甲子園　球児かつやく　近ごろは　俳句と短歌
追撃らしい

旅人は　鳥取砂丘に　魅せられる　足もとの砂
掬い上げて見る

地球上　さいがい多し　太陽の　かつどう変だ
関係あるかも

米国は　熱波に寒波　気掛かりだ　穀倉地帯
世界が飢える

稚貝から　アワビ養殖に　みち開く　餌も育てる
宇和水産校

注・愛媛県立宇和島水産高等高校

落花生　地中に隠し　実を結ぶ　誰に教わる
独自の秘法

二重三重　衣をまとう　唐黍は　長い葉を出し
カラスを拒む

黄昏に　宴を終えて　山へ飛ぶ　カラス軍団の
すがた悠然

夏はなあ　蝉が慌てて　鳴き叫ぶ　ことし半分
みすみす過ぎた

長崎の　宵の華やぎ　観て歩く　ブドウの美酒
出島のかおり

あら坊や　パパにそっくり　まるい顔
お目め三日月　元気に育て

パリでも　大気汚染は　深刻だ　最高レベルの
報道とどく

山村の　草餅噛めば　ゆたかなる　自然の香り
旅情ひしひし

見ましたよ　屋久島行きの　甲板で　円錐形の
開聞岳(かいもんだけ)を

好きだった　朝の光も　囀りも　少し早起き
リズム戻そう

陽が昇る　さらば浪速よ　大阪よ　迷い捨てたぜ
道頓堀に

人目引く　打ち上げ花火　正体は　炎色剤の
輝きと聞く

覚悟決め　嵐描こうと　帆柱に　生身を縛る
絵描きの精神

注・ジョゼフ・マロード・ウイリアム・ターナ（画家）

今年は　ぱっと開いた　さくら花　暗い世相を
照らして余る

むらさきの　六個のグラス　楽しそう　外の桜が
食事を覗く

古希迎え　旅に出るのは　二年ぶり
すみだタワーを　しかと見届け

決定の　東京五輪　さあ準備　重機うならせ
空箱増やす

ドングリで　作って遊ぼう　ヤジロベエ
ふらつき見れば　おいらの心

宝厳寺(ほうごんじ)　全焼の記事　重文の　一遍上人の
立像不明

注・宝厳寺＝松山市道後

お別れね　いつも見ていた　タイピスト
あなたの席に　あのキーボード

国外は　火薬を使い　ビル壊す　ダイオウイカが
墨吐くようだ

ジャッキで　二階を支え　下外す　ビルの解体
安全志向
注・カットアンドダウン工法

花に寄る　蝶の営み　欲望を　つぎつぎと抱き
人間（ひと）は苦しむ

雪が舞い　荒波寄せる　佐渡島　咲いて見せてよ
山吹色を

赤色の　もみじあおいは　五枚羽根
まるでプロペラ　背中押される

おもしろい　英語をしゃべる　電子辞書
時間潰れる　大人の玩具（おもちゃ）

人生の　苦しいときは　横向いて
ちょっと息抜き　回復待とう

淡水化事業動き出す　長年の　苦労が実り
喜び思う

一両の　カタンコトンと　音が来る　車追い越し
室戸（むろと）に向かう

遺伝子で　博士量産　間近なり　選択できぬ　血筋継承

過ぎてゆく　さらば昭和よ　ハム無線　支えた街は　あの秋葉原

朝早く　行商人は　荷物負い　バスに乗り組みむ　昭和の時代

横になり　待合室で　始発待つ　咎（とが）めもされぬ　豊かなな昭和

原爆忌　黙祷するも　世界の目　進水式の
護衛艦に向く

注・護衛艦＝いずも、二〇一三年八月六日に進水

インドは　国産空母を　造船す　経済発展の
実力見せる

どの国も　月の開発　立てないで　地球の宝
大事にしよう

土星にも　青いオーロラ　揺れ動く　届く映像
宇宙の不思議

シャコの足　貝を叩き割り　巣に運ぶ
知らざる世界　ネットは明かす

雪国の　暮らしも知らず　風花(かざはな)を　両手広げて
追いかけていた

注・風花＝ちらつく雪

初日の出　さらば去年よ　ありがとう
尾根の白雪　キラリと光る

春が来る　僕の小箱を　クリニング　いまも青春
楽しくゆこう

雨上がり　草に取りつく　白い玉　光りかがやき
存在知らす

春の色　無邪気に戻す　大空に　夢を掲げて
一歩踏み出す

雲間から　深更の月　花照らす　星が出てきて
友好見せる

霧流れ　朝日まごつき　困り顔
ポジション知らす　露の輝き

風めぐり　花を咲かせて　山みどり
多忙にあって　林間静か

白っぽい　木の芽が目立つ　薄べニの
おませな桜　姉さん気取り

やっと出た　水から抜けた　心地よさ　風の感触
空の温もり

早春に　もっとも似合う　青い空　セキレイ一羽
朝日横切る

あとがき

第五集の『歌集　ぼくの目君の目』の刊行ができて大変うれしいです。

毎回、同じような書き出しですが、内心は違っていた。

区切りの良い「第五集」の文字に強い魅力を感じたのだが、肝心のタイトル名が見つからないので刊行するかどうか随分迷った。


偶然ＮＨＫＢＳの「島耕作のアジア立志伝第５話　運命に和せよ　大国のはざまで～ジャンバルジャムツ・オドジャルガル（ＭＣＳグループ）」という番組の予告を知り、二〇一三年九月に録画をして、この放送を見た。


この放送の最後に、ＭＣＳグループ会長のジャンバルジャムツ・オドジャルガル氏が、モンゴルに古くから「運命に和せよ」という言葉がある、「北のロシア、南の中国に挟まれた、このモンゴルの地理的条件をどう生かせるか、考えぬくのだ」

と、締めくくった言葉が印象的であった。

確かに、立ち止まり状況を見ることも大切なことだろう。しかし、それは表面的なもので立ち止まる間にエネルギーを蓄積して躍進する。

若いリーダーのジャンバルジャムツ・オドジャルガル氏の背中を見て、このように感じた。

それ以来、今、行動を起こさなければ、いつ、行動を起こすことができるのだろうか、という思いが、胸の中で、干満のように繰り返すのだが、二〇一三年十一月末になっても肝心のタイトル名は決まらなかった。

私は、西暦一九五五年（昭和三十年）に小学校を卒業した。

この頃は、田植えと言えば、牛で耕し素足で入り、横一列で定規を使って植えていた。

これらの苗は男が担って配っていた。

少し前の昭和二十七年〜二十八年頃に手塚治虫作の鉄腕アトムに人気があった（僻地だから情報が遅い）。しかし、今のように本は簡単には手に入らなかった。この時代は国内全体の生活が貧しいのと輸送機関といえば、蒸気機関車が主役であったのだが、各駅停車だった。主要な駅では赤帽と呼ばれる職業の人達がいて有料で大きな荷物や重たい物を運んでいたし、手荷物を扱う窓口も別にあった。大きな荷物は貨物列車で運んでいたので、当時はいかに鉄道に頼っていたかが判る。

比較的小さな必需品（日用品を含む）は行商人と呼ばれる人たちがいて運んでいた。彼らが車内に持ち込む荷物の大きさはスーパーの買い物カゴにすれば、一人が三～六個ぐらい持ち込んでいたのだが、乗客とのトラブルは聞いた記憶が無い。

一つには行商人たちは始発便を利用していたのと、比較的行動範囲が狭かったのが良かったのかも知れない。

バスも同様であった、バスはボンネット式で車内はマイクロバスのように小さかった。自動車の性能も悪かったし、全体に道幅が狭くデコボコ道で、その上、山間部はカーブの連続。それでもガードレール等は何処にも設置されてなかった。時速一五～二〇キロの標識が目についたような時代だったのだが、それでも山間部はバスに頼るしか方法がなかった。

昭和三十年は、当然、モノクロのテレビも、まだ行き渡ってない時代だった。しかし、昭和三十三年頃には、テレビ、洗濯機、冷蔵庫は「三種の神器」と囃されたように爆発的な人気を得ることになる。

余談だが、以下の四点はネットの書き込みを借用。

一九五五年（昭和三十年）、この頃は夕張炭鉱（一八八九年～一九七七年）の最盛期。

一九六三年（昭和三十八年）十一月九日、三井三池三川鉱炭じん爆発事故で四五八人死亡、一酸化炭素中毒患者八三九人。

集団就職列車は一九五四年（昭和二十九年）四月五日十五時三十三分青森発上野行き臨時夜行列車から運行開始される。

昭和三十年代～四十年代当時では、中卒者の高校進学率は半数程度であり、「義務教育卒業ですぐ就職することが当たり前」の社会であって、「高校・大学は中流階層の通う上級学校」とみなされていた。高校進学相応の学力を有していても、家庭の事情や経済的な理由で進学を諦めることも多かった時代であった。

また、学力の問題だけでなく、当時は兄弟数や子供数が多い農家や貧困家庭が多かった、と書かれていた。

少し離れて、昭和三十九年、作詞家・関口義明、作曲家・荒井英一、歌手・井沢八郎の「ああ上野駅」が発表される。

これは、金の卵と持て囃されて、高校に行きたくても行けないという心情が籠っているように感じ取れる名曲だと思う。

今も東京の上野駅に「ああ上野駅」の歌碑が残されている。

昭和三十年から三年後の一九五八年に東京タワーが完成する。

つまり、昭和三十三年は、後で呼ばれる、岩戸景気（昭和三十三年〜三十六年）までの四十二ケ月続いた高度経済成長期の入り口に当たる年代でもあったようだ。

昭和三十年までは、国全体が貧しい故に、周りの人達に気遣い、助け合いながら生活をしていた様子が子供心に人情豊かに映ったのかもしれない。

昭和三十年から、わずか五十九年経過した現代はどうだろうか。常の服装やスマートフォン、これらを見ても世の中が大きく変化してきたように感じる。


このようなことを考えていると『ぼくの目君の目』のタイトル名が浮かんできた次第です。

ご愛読いただきまして、有難うございました。

この場をお借りして、厚くお礼申し上げます。

二〇一四年九月佳日

田所　翠（あきら）

参考資料（順不同）

NHK「日曜美術館」
NHK「白熱教室」
　ハーバード大学ケネディ行政大学院ケネディスクール
　　ロナルド・ハイフェッツ教授
　マサチューセッツ工科大学（MIT）
　　ウォルター・ルーウィン教授
　イギリス・オックスフォード大学
　　マーカス・デュ・ソートイ教授
　コロンビア・ビジネススクール
　　シーナ・アイエンガー教授

NHK「島耕作のアジア立志伝」

『磁力と重力の発見』(1)(2)(3)　山本義隆（著）

『道は開ける』　D.カーネギー（著）青山　昌（訳）

「人民日報」

民謡　木曽節

【著者略歴】

田所　翠（たどころ・あきら）

昭和17年9月　徳島県生まれ
元運転手、2006年から無職
現在、愛媛県松山市に在住
趣味：絵画の鑑賞
著書：歌集『野に花あり風あり』（文芸社2006年11月）
　　　歌集『風と大地』（東京図書出版2009年8月）
　　　歌集『風と花』（牧歌舎2012年5月）
　　　歌集『大河と魚』（牧歌舎2013年7月）

歌集　ぼくの目君の目

2015年2月15日　初版第1刷発行

著　者　田所 翠

発行所　株式会社 牧歌舎
　〒664-0858 兵庫県伊丹市西台1-6-13 伊丹コアビル3F
　TEL.072-785-7240　FAX.072-785-7340
　http://bokkasha.com　代表：竹林哲己

発売元　株式会社 星雲社
　〒112-0012 東京都文京区大塚3-21-10
　TEL.03-3947-1021　FAX.03-3947-1617

印刷・製本　中央精版印刷株式会社
© Akira Tadokoro 2015 Printed in Japan
ISBN978-4-434-20209-4 C0092

落丁・乱丁本は、当社宛にお送りください。お取り替えします。